Never Violence!

暴力は絶対だめ!

アストリッド・リンドグレーン

石井登志子 訳

岩波書店

Violence! Never

ALDRIG VÅLD!
by Astrid Lindgren

First published 1978
by Rabén & Sjögren, Stockholm, Sweden.

This Japanese edition published 2015
by Iwanami Shoten, Publishers, Tokyo
by arrangement with Saltkråkan AB, Lidingö, Sweden.

For more information about Astrid Lindgren,
see www.astridlindgren.com

装画　荒井良二

© Jacob Forsell

アストリッド・リンドグレーンは，1978 年 10 月 22 日，
名誉《めいよ》あるドイツ書店協会平和賞を受賞．

はじめに

シェッル・オーケ・ハンソン
（アストリッド・リンドグレーン・ネース代表）

アストリッドが受賞者として選ばれたのは、彼女がスウェーデンだけではなく、当時の西ドイツにおいても、作家として、またオピニオンリーダーとして重要な存在であったことを考えると、自然の成り行きでした。ところがそれにもかかわらず、その受賞スピーチは議論を呼ぶこととなりました。

それは、アストリッドが受賞スピーチの中で、暴力と権威主義《けんいしゅぎ》、とくに、子どもたちが最も被害《ひがい》を受ける家庭内暴力の問題について、強く訴《うった》えようとしたためでした。

彼女のスピーチは、主催者側《しゅさいしゃがわ》からあまりに挑発的《ちょうはつてき》だと見なされたため、アストリッドに、内容を変更《へんこう》してほしいとの要請《ようせい》がありました。ところが、アストリッドの答えは妥協《だきょう》のないものでした。このスピーチの内容を変えなくてはならないのなら、授賞式への出席を見合わせると、はっきりと答えたのです。ドイツ書店協会の代表がスウェーデンに派遣《はけん》されました。後にアストリッドが打ち明けたことですが、結局、代表は、「フランクフルトへお越しになり、ご用意なさった原稿《げんこう》でそのままスピーチしてください」と頼《たの》んだのです。

そして、このような結果になりました。つまり、アストリッドのスピーチ「暴力は絶対だめ!」は、それ以後、子どもへの虐待《ぎゃくたい》と暴力発生のからくりについての議論には、繰《く》り返《かえ》し引合いに出されるようになったのです。

*

一九七〇年代の半ばから後半にかけて、アストリッドにとって、きわめて関心のある問題が、次々と浮上《ふじょう》していました。一九七五年にヴェトナム戦争は終結しましたが、東南アジアでは、新たに凄《すさ》まじい戦闘行為《せんとうこうい》が始まっていました。そして、まさに今日と同じく、メディアを通じて、暴力がわれわれの生活に直接入ってきたのです。

また、子どもを養育する過程での虐待《ぎゃくたい》や体罰《たいばつ》についての議論が、スウェーデンをはじめ、西欧諸国《せいおうしょこく》でも激しくなっていました。その上、社会民主労働党が握《にぎ》るスウェーデン政府の税制を厳しく批判(このときの税制問題に関する論争は、リンドグレーンが書いた物語『モニスマニエン国のポンペリポッサ』からポンペリポッサ論争と呼ばれている。その年の総選挙で、税制を変えようとしていた社会民主労働党は、四〇年以上維持《いじ》してきた政権の座を奪《うば》われた)していたアストリッドに、西ドイツでも、大きな関心が寄せられていました。

一九七六年、スウェーデンと同じく、西ドイツでも総選挙がありました。その三年前、アストリッドは、圧制、独裁、暴力といった永遠の課題を織りこんだ大作、『はるかな国の兄弟』(邦訳、岩波書店)を出版していました。

つまり、アストリッドが一九七八年に、ドイツ書店協会平和賞を授与《じゅよ》された時、彼女は時代の趨勢《すうせい》に適《かな》った有名な作家であり、かつ社会問題の論客《ろんきゃく》でもあったというわけなのです。

＊

今回アストリッド・リンドグレーンのスピーチを刊行するにあたり、これは当時の歴史的な資料にはとどまらないものであると、改めて確認《かくにん》することになりました。スピーチは、われわれすべてにとって、依然《いぜん》として重要です。残念ながら、まさに今もなお当時と同じように、時代の動きにあった勧告《かんこく》なのです。

「暴力は絶対だめ！」

暴力は絶対だめ！

親愛なるみなさま！

まずわたくしがなすべきことは、みなさまに心から感謝することです。このドイツ書店協会平和賞は、燦然《さんぜん》と輝《かがや》きを放っており、実際に手にすると、その栄誉《えいよ》に身のすくむ思いがいたします。今わたくしが立っておりますこの場所で、幾年《いくとせ》もの長きにわたって、すぐれた人たちが、人類の未来について、そして、わたくしたちすべてが切望する永遠の平和について、希望のある提案をされてきました。

すでに語られた以上に、わたくしはいったいどんなお話をすることができるでしょう?

平和について話すということは、存在しない何かについて話すということです。真の平和というものは、この地上には存在しませんし、わたくしたちが明らかに達成できない目標という意味以上には、たぶん存在してこなかったでしょう。人類は、地球に生まれてこのかた、暴力と戦いに明け暮れてきました。そして、つかのま存在する、壊《こわ》れやすい平和は、絶えず脅威《きょうい》にさらされていたのです。

今まさに、世界は、わたくしたちすべてを滅《ほろ》ぼすであろう新しい戦争の脅威《きょうい》にさらされています。その脅威《きょうい》を前にして、かつてよりも多くの人々が、平和や軍縮のために活動していることは、事実です。このことは希望と言えるでしょう。けれども希望に満ちているとは言いがたいのです。政治家たちは、大挙して先進国首脳会議に集《つど》い、軍縮について熱く語り合いますが、そこで話されるのは、他国に軍縮をしてほしいというものなのです。あなたの国が軍縮するべきであって、わが国ではない！　どの国も、自分の国が軍縮する最初の国になりたくありませんし、どの国も、あえて始めたりいたしません。なぜなら、だれもが他国を怖《こわ》いと思っているし、他国の人たちの平和への願望に、たいして信頼《しんらい》を置いていないからです。

そして軍縮会議が次々と開かれている間にも、人類史上かつてなかったほどの狂気《きょうき》じみた規模で軍拡が進んでいます。わたくしたちが、新しい戦争を恐《おそ》れるのは、ちっとも不思議なことではありません。東に住もうが西に住もうが、北に住もうが南に住もうが、力のある大国で暮らそうが小さな中立国で暮らそうが、同じです。新たな大戦が、全人類に打撃《だげき》を与《あた》えることを、わたくしたちは知っています。それに、もしわたくしが瓦礫《がれき》の山に遺体となってころがっているとすれば、瓦礫《がれき》の山が中立か中立でないかなど、たいした違《ちが》いではないのです。

結局、人類が何千年にもわたって戦争をしてきたということは、絶えず暴力に訴《うった》えてきたということですから、わたくしたち人間の本質に何か設計ミスがあるのではないかと、自分自身に問うべきではないでしょうか？　わたくしたちは、生まれもった攻撃性《こうげきせい》のために、絶滅《ぜつめつ》することを運命づけられているのでしょうか？　わたくしたちはみんな平和を望んでいます。手遅《ておく》れになる前に、人間が生まれ変わることはできないのでしょうか？　暴力と縁《えん》を切ることを学べないのでしょうか？　ごく単純に、新しい人間になれるようにがんばってみるのです。そのためには、どのようにすればいいのでしょう？　いったいどこから手をつければいいのでしょう？

わたくしは、根本から始めなくてはならないと考えています。子どもたちと一緒《いっしょ》になって。みなさまは、子どもの本の作家に、平和賞を授与《じゅよ》してくださいました。ですから、何か大きな政治的見解や国際問題解決のための提案を、わたくしの話に期待できないということです。わたくしは子どもたちのことをお話ししたいのです。子どもたちに対してのわたくしの不安と期待についてです。現在子どもである彼らも、いつかはこの世界を動かすことになります。その時、世界が残っていればではありますが。彼らは、戦争や平和、そしてどのような社会を望むのかについて、判断を下すことでしょう。暴力がのさばり続ける社会を望むのか、あるいは平和に、たがいに連帯感を持って生きていきたいのか。そもそも、わたくしたちの時代よりも平和な世界を、彼らが築くことができるという希望はあるのでしょうか？　そして、わたくしたちがこれだけ本気であるにもかかわらず、なぜこれまでうまくいかなかったのでしょうか？

わたくしがまだごく若い頃《ころ》、計りしれないショックを受けたことを今でも覚えています。わたくしたちの国や世界の運命に影響力のある人たちが、何ら卓越《たくえつ》した能力や慧眼《けいがん》を持つ神ではないと、突然《とつぜん》理解した時のことです。指導者たちは、わたくしと同じように人間的で、弱点のある人たちだったのです。ところが、彼らは権力を握《にぎ》っていました。そしてどの瞬間《しゅんかん》にも、彼らの衝動《しょうどう》に左右されて、重大な決定がなされていたのです。もしもうまくいかなければ、時には戦争になったこともあったかもしれません。たった一人の権力欲、あるいは復讐心《ふくしゅうしん》、あるいは虚栄心《きょえいしん》、あるいは強欲《ごうよく》、あるいは――これが最もありふれているようですが――あらゆる状況《じょうきょう》において最も効果的な解決策として暴力を過信することによって。同様に、たったひとりの良心的で思慮《しりょ》深《ぶか》い人物が、暴力に訴《うった》えないことによって、大惨事《だいさんじ》を回避《かいひ》できることもあるのです。

これはたったひとつの結論になるかもしれません。世界の運命を決めるのは個々の人間だということです。それなら、なぜ、個々の人間は良心的でも思慮深《しりょぶか》くもなかったのでしょうか？　なぜ、暴力や権力を欲《ほっ》する者がそれほど多くいたのでしょうか？　人々の心の中には、生まれつき邪悪《じゃあく》な欲望があったのでしょうか？

わたくしにはそうは思えませんでしたし、今でも思っていません。知性や理解力は生まれつきのものかもしれませんが、生まれたての子どもには、善良に育つのか、あるいは邪悪《じゃあく》に育つのか、ひとりでに芽生える種子はありません。子どもが、連帯意識をもつ力をそなえた、人を信頼《しんらい》できる、心の温かい人間になるか、あるいは冷酷で破壊的《はかいてき》な一匹狼《いっぴきおおかみ》になるかは、この世界でその子どもを受け入れる人たちが、子どもに愛情がどんなものかを教えるか、教えずに放っておくかによって決まるのです。「Überall lernt man nur von dem, den man liebt. 人は自分が愛する人からのみ学ぶものである。」これは、ゲーテのことばですが、きっと真実にちがいありません。愛情いっぱいに育てられ、親を愛している子どもは、自分のまわりの人すべてに対する愛情深い接し方を親から学び、これを終生持ち続けます。たとえ、この子ども、彼か彼女かが、世界の運命を決定するような人にならなくとも、これはすばらしいことです。そして偶然《ぐうぜん》、その子どもが世界の運命を決定するような人のひとりになるならば、人に対する接し方が愛情深く、暴力的でないのですから、わたくしたちみなにとって、幸運なことです。将来の閣僚《かくりょう》や議員の性格でさえ、たったの五歳《さい》になるまでに形作られるのです。恐《おそ》ろしいことですが、真実です。

そしてもし、これまで子どもたちがどのように扱《あつか》われ、育てられてきたか、できる限り年代をさかのぼって考えてみますと、わたくしたちはさまざまな身体的あるいは精神的暴力で、あまりにも頻繁《ひんぱん》に、子どもたちの望みを打ちくだいてきたのではないでしょうか？　どれだけ多くの子どもたちが、愛する人、つまり自分の親から、最初のしつけを暴力によって受けてきたことでしょう？　そしてこのしつけ方は代々引きつがれてきました。「むちを惜《お》しむと子どもはだめになる」と、旧約聖書（箴言《しんげん》一三章二四、二〇章三〇、二三章一三）に書かれています。多くの父親や母親は、これを信じてきました。彼らは、勤勉にむちを振《ふ》りあげ、それを愛のためだと称してきました。今日世界には、だめにされた子どもたち、つまり独裁者や専制君主、弾《だん》圧《あっ》する人、折檻《せっかん》する人などが実にたくさんいますが、彼らの子ども時代はどうだったのか、調べなくてはなりません。ほとんどの人たちの背後には、専制的な父親や、手にむちや棒をもった大人がいたのではないかと、わたくしは考えています。

文学の中にも、恨《うら》みに満ちた子ども時代の話は数多くあります。家庭内の独裁者は、自分の子どもを従順に服従させるために、怖《こわ》い目にあわせて、多かれ少なかれその人生を台無しにしてきました。ところが幸いにも、この種の親ばかりではなくて、自分の子どもを、暴力など使わずに愛情をもって育てる親はいつの世にもいました。けれども普通の親が、自分の子どもを対等の存在とみなし、家庭内の民主主義のもとで、圧力や暴力もなく、個人の人格を自由に発揮させる権利を与《あた》えはじめたのは、二〇世紀になってからでしょう。

昔の暴力がまかり通るやり方へ逆戻《ぎゃくもど》りをしようと、突然《とつぜん》世間で声高《こわだか》に叫《さけ》ばれだしたら、そんな時はどうすれば絶望的にならずにいられるでしょうか？　こうした動きは、まさに今世界中のあらゆる所で起こっています。現在、「もっと厳格な支配」や「もっと手綱《たづな》を引《ひ》き締《し》めること」を望んでいる人々もいて、そうすることが、成長過程において、自由が過ぎたり厳しさが足りなかったりしたために生じた、若者の悪癖《あくへき》を改善するのに役立つであろうと、彼らは信じています。しかし、このやり方は、ベルゼブル（悪霊《あくれい》のかしらと呼ばれている。新約聖書マタイによる福音書《ふくいんしょ》一二章二四には、「しかし、パリサイ人たちは、これを聞いて言った。「この人が悪霊《あくれい》を追い出しているのは、まったく悪霊《あくれい》のかしら、ベルゼブルによるのだ」」とある）の助けを借りて、悪魔《あくま》を追いだそうとするようなもので、結局は、さらに暴力の連鎖を生み、世代間のギャップをより大きく、より危機的にするだけです。「暴力がまかり通るやり方」で、その支持者が期待する表面的な効果はおそらく得られるでしょう。彼らが、暴力がさらなる暴力を生むことを徐々《じょじょ》に気づかされるまでは――いつもそのようになされてきたように。

多くの親は、もっと厳しく育てるべきという新しい動きに、動揺《どうよう》するでしょうし、自分たちの育て方がなにか悪かったのかと不安に思い始めることでしょう。もしも、愛情いっぱいに育てる方法がどこか間違《まちが》っているものだったら？　誤解されるとすれば、そのことだけが心配です。愛情いっぱいに育てる方法とは、子どもたちを成り行きにまかせて、したいようにさせることではありません。子どもたちが規範《きはん》もなしに成長することを意味していませんし、子どもたちもそれを望んではいません。自分の行動に対しての規範《きはん》は、子どもにも大人にも必要であり、子どもたちは、他のだれより親をお手本として学ぶのです。もちろん子どもたちは親を尊敬すべきですが、本当のところは、親もまた自分の子どもを尊敬すべきです。子どもたちに対して親としては当然の有利な立場を濫用《らんよう》すべきではありません。すべての親子が、たがいに愛情に満ちた敬意を持てるように と願っています。

もっと厳しい育て方や、もっときつく子どもたちの手綱《たづな》を引《ひ》き締《し》めることを、今大声で主張する方々には、ある時、高齢《こうれい》の女性が、わたくしに打ち明けてくださったことをお話ししたいと思います。例の「むちを惜《お》しむと子どもはだめになる」という考えを、人々がまだ信じていた頃《ころ》、彼女は若い母親でした。どちらかと言えば、彼女はその考えをもともと信じてはいなかったのですが、ある時小さな息子《むすこ》が何かよくないことをしたので、初めて、息子《むすこ》にむちを打たねばならないと思い、外へ行って母さんのためにむちを探してくるように、と息子《むすこ》に言いつけました。小さな息子《むすこ》は出て行き、長い間帰ってきませんでした。ついに泣きながら帰ってきた息子《むすこ》は、こういいました。「ぼくは、むちを見つけられなかったけど、母さんがぼくに投げつけられる石を見つけたよ。」すると、彼女もまた泣き出したのです。彼女は突然《とつぜん》、息子《むすこ》の目にすべてを読み取りました。息子《むすこ》は、「母さんは、ぼくを痛い目に合わせたいんだ。それなら石でもいいだろう」と考えたに違《ちが》いなかったのです。

彼女は、息子《むすこ》を両腕《りょううで》で抱《だ》きしめ、ふたりはしばらく一緒《いっしょ》に泣きました。その後、彼女は石を台所の棚《たな》の上に置きました。そしてその石は、彼女がその時自分に誓《ちか》った約束、「暴力は絶対だめ！」を永遠に覚えておくために、ずっとそこに置かれました。

さて、もしもわたくしたちが、暴力に頼《たよ》ったり、手綱《たづな》を引《ひ》き締《し》めたりせずに、子どもを育てたならば、永遠の平和を実現しうる新しい素質を持つ人間を生み出すことができるのでしょうか？　そんな単純なことを望むのは、子どもの本の作家だけですって?!　それが実現するのは、ユートピアだけなのだと、わたくしにもわかっています。それにもちろん、わたくしたちの病《や》んだ悲惨《ひさん》な世界が、平和を達成するために変わらなくてはならないことは、他にもたくさんあります。けれども、現時点で戦争が起こっていなくても、世界には理解できないほど残忍《ざんにん》なことや、暴力、圧制があふれていて、子どもたちは、そのことについて間違《まちが》いなく無知ではいられないのです。子どもたちは、日常的に見たり、聞いたり、読んだりして、ついに暴力は、当たり前に起こるのだと思うことでしょう。ですから、物事を解決するには暴力以外の別の方法があることを、わたくしたちはまずは自分の家庭で、お手本として示さなくてはならないのです。

「暴力は絶対だめ！」ということを思い出すために、台所の棚《たな》の上に石を置いておくのは、子どもたちとわたくしたち自身にとって、いいことではないでしょうか。

そうすることで、もしかすると、少しずつではあっても、世界平和に貢献《こうけん》できるかもしれません。

おわりに

ラーシュ・H・グスタフソン
（小児科医・作家）

親愛なるアストリッド

あなたのフランクフルトでのスピーチを改めて読んだ時、最初に思《おも》い浮《う》かんだのは、このスピーチがいかに時代を超越《ちょうえつ》しているかということでした。一九七八年当時、スウェーデンでは、体罰《たいばつ》について白熱した議論が繰《く》り広《ひろ》げられていました。政府の検討委員会は、子どもの虐待《ぎゃくたい》がどれほど習慣的に行われているかを明らかにし、家庭での体罰《たいばつ》は禁止すべきだと提案しました。多くの人がこの提案に賛成でした。もちろん、あなたはこの人たちと同じ意見でした。ところが一方でこの提案に反対の人たちがいました。彼らは、子どもを思いどおりに育てる親の権利を守ろうとしていました。一部の人たちは、さらに厳しいしつけを声高《こわだか》に主張し、あなたはショックを受けていました。こうした憤《いきどお》りをスピーチの中に容易に見いだすことができます。わたしは、初めてスピーチを読んだ時、怒《いか》りを超えた憤《いきどお》りに、ひどく感激したことを覚えています。

そしてわたしは、第二次世界大戦直後に何があったかを考えました。その時にも、子どもの育て方が議論されたのです。それは、長くつ下のピッピが、理《り》不尽《ふじん》な大人に対して反旗をひるがえし、舞台《ぶたい》を闊歩《かっぽ》した時のことです。ピッピからの、すべての子どもたちへのメッセージは、きわめて明快なものでした。「大人だというだけで、その人の言うとおりに、絶対しなくていいの！　大人の指図に従うなら、そこにはきちんとした理由がなくちゃならないわ！」

この時すでに、あなたは、後のスピーチで繰《く》り返《かえ》し述べたことを考えていたにちがいありません。平和と正義は、子どもたちが自ら考え、自分の行動に責任を持つよう勇気づけられることによってはじめて成《な》し遂《と》げられる、だからこそ、体罰《たいばつ》や屈辱的《くつじょくてき》な叱責《しっせき》をともなう専制的なしつけをしてはならないのだと。

そして、あなたのスピーチから三〇年以上も経《た》った今もなお、メッセージは重要です。現在、さらに厳しいしつけを、もっと子どもたちの手綱《たづな》を引《ひ》き締《し》めろという過激な声が聞かれますが、あなただったら、どのような態度を取るでしょうか？　何より大切に思っていたことを、あなたは果敢《かかん》に繰《く》り返《かえ》し語るものと、わたしは確信しています。「子どもたちに尊敬の念を抱《いだ》いてほしければ、われわれは子どもたちに同じだけ尊敬の念を抱《いだ》かなくてはならない！」と。

　あなたのスピーチを読んだ時に気付いたもう一つのことは、あなたには子どもを見る目、つまり子どもたちがどのように考え、感じているかを理解するすぐれた能力があるということです。台所の棚《たな》の上の石……子どもが、ぎりぎりの状態でなお、親の言うとおりにしようとする姿は、なんと胸を打つことでしょう！　わたしは、小児科医《しょうにかい》としての仕事を通して、身体や心に虐待《ぎゃくたい》を受けている多くの子どもと出会ってきました。そして、虐待者《ぎゃくたいしゃ》が子どもたちに求めることを、子どもたちがどれほど簡単に受け入れるかを見て、心が痛みました。子どもたちは、大人が決めつけた罪をすべて自分のせいだと信じるようになり、現実の自分がまだ親の期待に添《そ》えていないことを恥《は》じてしまうのです。

子どもたちのこうした見当違《けんとうちが》いの忠誠心は、彼らの自尊心や自負心を、長期にわたり徐々《じょじょ》に傷つけていくのです。大人の責任は非常に大きいのです。大人はみなこのことを思い起こすために、台所の棚《たな》に石を置く必要があります。

でも、アストリッド、ここでちょっと楽しいことをお話しします！　こんな状況《じょうきょう》でありながら、現実にうれしいことも起こっています。子どもや若者は、もう与《あた》えられたままを受け入れたりしません。山賊のむすめローニャが〈地獄《じごく》の口〉を飛《と》び越《こ》えてからは、もう以前と同じではないのです。われわれは、かつてピッピが主張した目標の途上《とじょう》にあります。「子どもは、大人が理由を説明もせずに、自分を支配するのを決して認める必要はありません。」国連の「子どもの権利条約」で、すでにかなり変わってきました――その成果はあがってきています。かつてあなたと、子どもと人間の権利についてお話しした時に、あなたがおっしゃったことを思い出します。「ええ、ええ、条約は紙に書かれたものでしかありません。大切なのは、それを実行することです！」

実行するのには、時間がかかります。けれど途上《とじょう》にあると思っています。もっとも重要なのは、子どもたちに自分たちがどんな権利を持っているのかを理解してもらうことです。このメッセージをうまく伝えられる人がいるとすれば、それはあなたでしょう！　われわれは、あなたから学ぶものがたくさんあります。とくに、人生でチャンスや困難に出会った時に、うまく対処できる子どもの能力に、あなたがよせる絶対的な信頼《しんらい》。現在、東欧《とうおう》、北アフリカ、中東などでは、独裁国家がまるでトランプのカードの家のように崩壊《ほうかい》しています――先頭を切って采配《さいはい》を振《ふ》るっているのは、だれだかおわかりでしょうか？　そう、若者たちなのです！　彼らは、次々に決断と勇気を見せています。あなたがフランクフルトの演壇《えんだん》に立たれた時に、この状況《じょうきょう》の変化が見えていたでしょうか？　見えていたと思います。今あなたのメッセージを広めるのは、われわれ自身なのです。家庭で、幼稚園《ようちえん》で、学校で、貧困地域（第三世界）で、難民キャンプで、大都会の歓楽街《かんらくがい》で。世界平和へのささやかな貢献《こうけん》として！

訳者あとがき

『長くつ下のピッピ』が出版されて七〇周年という記念の年に、日本でこの本が出版されることは、子どもの幸せを願ったリンドグレーンの思いが通じたようで、とても意義深く、うれしく思います。また、アストリッド・リンドグレーン記念文学賞を受賞された荒井良二さんが、すばらしいカバー絵を描《えが》いてくださったのも、うれしいことでした。

リンドグレーンは読者を大いに楽しませましたが、活躍《かつやく》はそれだけに止《とど》まらず、子どもの幸せのため、ひいては人類の幸せのためには何が大切かを語り、行動していました。「おわりに」で、述べられているように、スピーチで語られたリンドグレーンの憤《いきどお》りは、一九四五年の『長くつ下のピッピ』出版時には、確かにすでに存在したものでしょう。子どもたちには、自ら考え、行動する力があり、それを支えるのは、大人たちの愛情なのだと。だから子どもたちは、大人が理不尽《りふじん》なことを言っても聞かなくていいのだし、体罰《たいばつ》や言葉の暴力を受けることがあってはならないのだと。

アストリッドのこうした考えは、ごく幼い頃《ころ》に培《つちか》われたものでした。学校にあがって最初の担任が、親の貧富の差によって生徒への接し方を変える不公平な先生だったため、いくら自分には親切でも、好きになれなかったのです。体《たい》罰《ばつ》がまかり通る時代でしたが、友だちがぶたれたりすることにも感じやすく、暴力に対して、きわめて敏感でした。

このような幼い頃《ころ》の思いがそのまま表された作品があります。受賞スピーチの二年前、一九七六年に出版された『川のほとりのおもしろ荘《そう》』（邦訳、岩波書店）です。『おもしろ荘《そう》の子どもたち』の続編で、学校へ通いはじめた女の子マディケンと妹のリサベットの暮らしが、ユーモアたっぷりに描《えが》かれています。

マディケンという名前は、アストリッドが七歳から生涯《しょうがい》を通して親友だったアン＝マリーのあだ名で、アストリッドにとっては特別な意味がありました。

作中のマディケンは、アン＝マリーのかわいい外観と、ブタがまばたきする間に面白いことを思いつくアストリッド自身とを合わせたようなキャラクターです。この作品の「ミイア」という章に、マディケンの級友がムチで体罰《たいばつ》を受ける時、泣《な》き叫《さけ》んで抵抗《ていこう》する場面があります。

マディケンは、父親のない貧しい家の女の子ミイアが校長先生から厳しい扱いを受けるのを目の当たりにして、不公平感を募《つの》らせます。ミイアはいつもマディケンにけんかをふっかけてくるいやな友だちなのですが、あるいきさつから、ふたりは順番に校舎の大屋根に登ることになります。ミイアは、はしごで上る途中《とちゅう》、校長先生の部屋の窓ぎわの机の上に偶然《ぐうぜん》見つけた札入《さつい》れを持ち出し、翌日そのお金でクラスのみんなにチョコレートをおごります。けれど、札入《さつい》れを落としてしまい、ミイアが盗《ぬす》んだことがばれてしまいます。

（担任の先生は）校長先生になにかいおうとしたのですが、人の意見を聞いているひまなど、校長先生にはありませんでした。むちをとりにいった

からです。(中略)

「ここにかがみなさい。」大きな声がひびきました。

ミイアはいわれたとおりにしました。と、同時に猛烈《もうれつ》な勢いでむちがふりおろされ、ミイアのちいさなお尻でバシッとおそろしい音をたてました。

ミイアはうめき声ひとつたてません。でも、ほかの生徒はいっそうはげしく泣き、担任の先生は耳をおさえました。

校長先生がもう一度むちをふりあげました。このとき、すごい叫《さけ》び声《ごえ》がおこりました。でも、ミイアが叫んだのではありません。

「だめ、だめ、だめ、だめ、だめ。」

マディケンの目から涙がほとばしっています。

(『川のほとりのおもしろ荘《そう》』「ミイア」より)

この後校長先生はミイアにあやまらせようとしますが、ミイアは校長先生の目をまっすぐ見つめ、一言はっきりといいました。「しょんべんつぼめ!」

子どもの頃《ころ》、これと似たような経験をしたアストリッドは、不公平や暴力に憤《いきどお》っていました。彼女自身は両親から体罰《たいばつ》を受けることも、理不尽《りふじん》なことで叱《しか》られることもなく、楽しく遊んで、宝物のような子ども時代を過ごしましたが、一九歳で未婚の母となったことで、世間から受けた理不尽《りふじん》で不公平な扱《あつか》いを忘れることはありませんでした。

こうした経験を糧《かて》として、作品を創《つく》り、発言する勇気を持ち、風刺《ふうし》とユーモアにあふれた言葉で社会問題を語り、人々を魅了《みりょう》し続けたリンドグレーンの、深い思いがこめられたスピーチ。残念ながら、このスピーチがまだ重要な意味を持つほど、現在も世界中で争いが繰り返され、暴力がはびこっています。リンドグレーンの望みどおり、暴力のない公平で平和な世界が実現し、みんなが幸せになり、このスピーチが必要でなくなる時がくるようにと願っています。

二〇一五年七月

石井登志子

アストリッド・リンドグレーン(Astrid Lindgren, 1907-2002)
スウェーデンのスモーランド地方生まれ．『長くつ下のピッピ』で子どもたちの圧倒的な人気を得る．ほかにも，「やかまし村」や「エーミル」シリーズ，「名探偵カッレくん」シリーズ，空想ゆたかなファンタジーなど，多くの作品がある．1958年に国際アンデルセン賞を受賞．作家活動をしながら，長らく児童書の編集者としても活躍した．

石井登志子
同志社大学卒業．『おもしろ荘の子どもたち』『カイサとおばあちゃん』をはじめ，絵本『こんにちは，長くつ下のピッピ』など，リンドグレーン作品の翻訳を数多く手がける．ほかにも，『愛蔵版アルバム　アストリッド・リンドグレーン』『リンドグレーンと少女サラ　秘密の往復書簡』，ベスコフ『リーサの庭の花まつり』など訳書多数．

暴力は絶対だめ！　アストリッド・リンドグレーン

2015年8月6日　第1刷発行
2025年4月15日　第4刷発行

訳　者　石井登志子《いしいとしこ》

発行者　坂本政謙

発行所　株式会社 岩波書店
〒101-8002 東京都千代田区一ツ橋 2-5-5
電話案内 03-5210-4000
https://www.iwanami.co.jp/

印刷・精興社　製本・松岳社

ISBN 978-4-00-024789-4　Printed in Japan